고삐 풀린 시간들

고삐 풀린 시간들

고삐 풀린 시간들

글쓴이 / 홍금자
펴낸이 / 孫貞順
펴낸곳 / 모아드림

1판 1쇄 / 2005년 9월 26일

120-193 서울 서대문구 북아현3동 180-22
전화 / 365-8111~2
팩시밀리 / 365-8110
E-mail / morebook@korea.com
　　　　morebook@morebook.co.kr
http://www.morebook.co.kr
등록번호 / 제2-2264호(1996.10.24)

ⓒ홍금자
ISBN 89-5664-076-9

값 6,000원

모아드림 기획시선 80

고삐 풀린 시간들

홍금자 시집

모아드림

■ 自序

시집 일곱 번째를 묶는다.

근래 삼년 동안 발표 되었던 시들을 모았다.

작품집을 세상에 내 놓을 때마다 통증같은 간헐적 고통이 예외없이 찾아든다.

더러는 속내를 들켜버린 듯한 쑥스러움과 계면쩍음이 나를 부자유하게 하곤 한다.

그러나 어쩌겠는가? 이 끝없는 목마름을.

삶의 진정한 의미를 찾아나서는 갈매기 조나단 처럼.

시는 또한 내 영혼에 바치는 번제 의식이다.

하나님께서 내게 내리신 유일한 달란트인것을.

여기 한편의 시가 누군가의 삶에 위로가 되기를 기대하면서.

2005년 9월

홍 금 자

차 례

1부

손, 그 기도

오직
이 순간만을 위해 만든
목 메인 시간

눈물로만 아뢰는
이 묵상 속
어둔 자화상을
하나씩 지워나가는 등촉을 켠다

이제는
되돌아 갈 수 없는
너무 멀리 떠나온
등굽은 고향

열매들에게
자리를 내어주는
저 나뭇잎처럼
오롯이 순한 마음

용서와 화해, 평강의
따뜻한 손 모아 기도하는
다 저문 하얀 저녁에.

그 겨울, 광화문

친구여,
우리는 거기 그 자리에서
무엇을 보았나
무엇을 말했나
누구도 입을 열지 않지만
그곳엔 오직 서로의 마음속
느낌만이 존재하고 있었지

찬바람 부는 겨울 그, 광화문
슬픔만이 나부끼고 있었지

목숨의 상실
그 위에 사위어 가는
촛불, 촛불들
뜨겁게, 그리고 단호하게
'대-한민국'이 활활 일어서고 있었지.
2002년 12월 31일.

천사, 지윤이
— 자폐아의 연극에서

1; 똑, 똑, 똑
   방 있습니까?
   하룻밤 쉬고 가게 해 주세요

2; ――――――――――

1; 여기 금방 아기를 낳을 산모가 있어요
   방이 없으면 헛간이라도 좋으니 제발 허락해 주세요

3; 지윤아! '방 없어요' 라고 말해 빨리―
   얼른 말해 , 빨리 말해, 지윤아―

2; ――――――――――――――

1; 여보, 이곳에도 방이 없나봐요
   다른 곳으로 가야 겠어요

2; (갑자기 달려 나오면서)

여보세요, 가지 마세요
딴 곳으로 가면 안돼요
우리 집에 방이 있어요
어서 들어오세요

3; 지윤아! 그게 아냐 , -
    방이 없다고 말해야 해

2; (거기 지윤이는 예수가 되 서 있었다)

천사는 폭포처럼 눈물을 쏟고
드디어 지윤이의 목소리는
금빛 날개를 달고 하늘을 오르고 있었다.

저녁 무렵

그늘진 땅
도시의 한 모퉁이에서
짐승의 소리를 듣는다

하루살이 목숨이라고
상채기도 아프지 않은 슬픈 백성들

그들의 역사가
밤이면 노숙의 땅에서 익어가고

'어머니' 라 외쳐보는
피울음 속에서
인간임을 재확인 하는 시간

우리 모두 같은 궤도를 지나는
여행자이거늘

종착역의 평안이

하루의 위로가 되는
어느 저녁 무렵.

생명의 꽃불

사랑합니다, 그대 사랑합니다.

어둠의 혼돈 속에서
빛을 찾는 이들이여

끝이 없는 아득한 먼 길
삶의 향기 보이지 않고
부질없는 사람들의 소리, 소리
그 길 위에 서서
가눌 수 없는 어지럼증으로
사랑의 얼굴을 찾는다

우리가 견뎌야 할 날들
여기, 넉넉한 가슴들 모여
밤을 지키는 달맞이꽃처럼
허기진 이 땅에
푸르디푸른 생명의 꽃불 지핀다.

목련이 지면서

하얗게 지는 꽃잎, 꽃잎들
정오의 햇살은
살점 하나하나 벗겨 내
그대로 산자로 눕힌다

저 고고한 순종

오래 전 미리 예견된 것처럼
바람도 없이 침잠해 간다
시간의 끝, 너의 살 묻고
떠나는 거기 그 자리에
다시 또다른 생명이 돋고 있다.

그 때를

이제 알았어요
사랑도 혼자서 이운다는 걸
아침 이슬처럼
흔적없이 사라진다는 걸

이제 알았어요
사랑도 병들고 죽어 간다는 걸

불꽃보다 더 뜨거웠던 때
그 순간을 사랑 해야죠
눈멀고 귀 먹었던 그 때
보석처럼 그 시간 간직 해야죠.

산수유

이른 봄 날 아침
혈관에 노란 피 돌아
어린 날 금계랍에 취했던 현기증이
문득 겨울의 끝에서 일어선다

밤새 열을 토해 내며
배앓이 하던 아이들
약손의 어머니는
봄꽃 터지는 소리로
밤을 새운다.

의식의 저 편

그대 늘 불타는 심장 속에서
의식의 항해는 정박을 모르고
낮 동안의 햇살은 혼돈의 세상을 헤집고
어둠에 다달아 고요 속으로 잠든다

빛에 들어나지 않도록 감춰 두었던 것들이
서서히 심연에서 걸어 나오고 있다
사람들 사이에서 밤 이슬로 젖어든다

그대 고백처럼 별이 있는 밤
불면의 끝없는 항해, 그리고 파열음
고독 속에 침잠해 가는 꿈의 날개
 그리고 영혼의 절규 뿐.

밤에는

 어둠이 배어든 한 밤중
달맞이꽃 살포시 떨려
수줍은 처녀성
달빛에 포갠다

켜켜이 쌓인 어둠의 계단
손 끝 바람에 나뭇잎 떨고
잠 못드는 벌레 을음은
소리없는 전율로
핏줄처럼 파랗게 돋는다

가까이서
개구리들의 성욕이 껌뻑이고 있다.

그리움처럼

우편함 속
아직도 풀어내지 못한
그대에게 머리 둔 그리움

무던히도 벅찼던
겨울강 건너기

내 삶의 영역 안에서
지금도 눈먼 아픔으로
세상 속 어딘가를 향해
무언의 깃발을 흔들고 있다.

가을 비

빈사상태의 비가 내린다

무너진 하늘이
일제히 일어나 상처난 곳마다
보수를 하는 중이다

그 여름 , 그 혹독함
무시로 펑펑 쏟던 하혈

성한 곳 없이
뿌리 채 흔들어 대며
고통을 탐닉하던 일곱 날의
매미 울음

계절이
생의 한 고비를 타고 돈다

치유의 손길

서로의 뜨거운 가슴 열어
아픔 쓰다듬고
네 등에 얹힌 무거운 짐
반쯤 내 어깨에 부려
세상의 가장 아름다운 곳
함께 가자 , 가자꾸나
비 오는 이 가을에.

이 가을

낙엽 위에 또 다른 나뭇잎이
낮은 부츠의 목을 죈다
더 이상 발걸음을 옮길 수가 없다

궤도 잃은 바람은
내어줄 것 다 건네 주어
다른 세상이 보일 때 쯤에야
비로소 무소유의 낙점을 찍는다

들판의 풍성함도 거둬들이고
가벼움만 남은 노동의 층계

늘 기다림으로 눈 붉힌 노을
그 위로 술렁이는 한줌의 햇살

이 가을
마지막 전철의 사람들처럼
분주히 떠날 채비로
쓸쓸한 서두름을 시작하고 있다.

내 사랑 마포

햇살 가득히 모이는 곳
눈뜨는 새 아침마다
자라 오르는 저 찬란함이여

따뜻한 가슴들이 만나
서로의 어깨를 내어주며
사랑과 믿음으로 살아가는
우리들의 땅

우리는 저 마다의
영혼을 적시는 자맥질로
이 시대를 풍요로 가꾸는 사람들

마포여, 그대는
첫 새벽 기도처럼
생명있는 모든 것의 존재

그대는

서울의 길목에 서서
오랜 역사의
무수한 역경 속에서도
꺾이지 않는 혼으로
삶의 터 일구워 온
백의를 걸친 민족의 순수

오늘
마포강 푸른빛으로 흘러
밤을 지키고
월드컵의 산 증인으로
하늘 위 또 하나의
전설을 새긴다

천년의 밤을
일으켜 세우는
새 아침의 마포여
이 땅의 큰 빛으로

더 크게 눈 떠 일어서라
발끝 세워
더욱 높고 넓게 뛰어라
힘차게 그리고 영원히
내 사랑 마포여.

2부

그 사랑은

대추알처럼 검붉은 사랑 있었지

낙엽이 지듯
가슴 무너져 내리면
마지막 남은 달력 한 장의 숫자처럼
또렷이 서 있었지,
그 사랑은.

대설 그리고 목숨의 끈

갈무리해 두었던 추위가
눈을 앞 세워 달려오는 저녁

서둘러 해는
몸을 기울여 가난한 땅의
등성이를 넘는다

충정로에서 때 아닌 비를 맞는다
사방은 어둠으로 낯을 가리고
한 날의 짐은 무게를 더 하며
냉기 먹은 변두리의
오래된 벽지처럼
길 위에서 비틀거린다

길이 보이지 않는 시간
맨발의 발등 위로 한 가닥
희망의 낡은 끈이 풀려 나간다

그래도 목숨 쥔 오늘이 옳았다는
포장마차 속 훈기가
몇 개의 알 등을 흔들고 있다.

노을 지는 바다에서

너에게
생목숨 던져
저녁 바다를 태우는 노을

사랑할 밖에
지상을 벗어나
구차한 날개 접어두고
완전한 자유로 서 있다

아름다워라
아, 강물처럼 흐르던 구름은
수줍은 휘장을 들고
사랑의 몸을 풀고 있다

너에게
띄우지 못한 마지막 편지
소리쳐 불러줄 이름표 달아
노을 지는 바다위에
보석처럼 뿌리고 싶다.

양화진 묘역에서

먼 이국땅, 여기에서
그대들은 환하게
등불을 켜 밝히고 있습니다

스스로 모진 추위 홀로 이기고
혹독하게 바람 부는
이 가혹하고 척박한 땅에
사랑의 못자리를 세우셨습니다

배설, 헐버트. 언더우드, 아펜젤러……

양화진 작은 언덕
가끔은 따뜻한 햇살도 지나가고
절두산 아래
푸르게 흐르는 강물도 보입니다

모두가 낯선 이름
노곤한 영혼을 잠재우고 있습니다

'너는 누구의 명령으로
여기 잠들었느냐?' (1)
절규하는 외침이 들립니다

그때
나라 잃은 가난한 이 땅
추위와 배고픔으로
절망하는 이들에게
또는 눈멀고 귀 먹은 이에게
빵과 따뜻함으로
위로의 지팡이가 되어주던 그대들이여,

여기 그대들의 뿌린 눈물로
청정한 길이 열렸습니다

지금 조용하고
평화한 이곳에서

첫새벽 기도처럼
그대들의 이름을 새겨 봅니다.

*1;wh Auden의 싯귀에서

2004, 봄밤

아직 밤 기운이 이마에 차다

잠이 더딘 거리는
번쩍이는 불빛으로 어지럼이 더해간다
어디에도 조국의 소란스러움에
위로는 없고 허공을 치는
유혹만 분주하다

언제부터인가 도시의
아이들이 자라던 골목, 골목은 비어갔고
저녁이 늦은 아이를 부르는
꼬리 긴 어머니의 목청은
들리지 않은지 오래다
밤이 깊어 갈수록 '찹쌀떡, 메밀묵 사려'
내 키와 같이 자라던 그리움의 외침도
전설의 작은 섬이 되었다

찰라의 봄밤이여, 부디

이 시대의 어둠 밝힐 별들과
이 땅 가득히 피어야 할 꽃들
우리에게 인기척이라도 들리게 하라

너의 내밀한 기별을 고대하며
너를 맞을 차비로
봄밤은 하얗게 지고 있다.

잠 안 오는 밤이면

잠 들지 못하는 밤이 길어질 때면 으레
꽤 오래 갇혀있던 생각들이 밤의 고요 속으로
뒤척뒤척 걸어 나온다 옛날 얘기처럼 구수하고 정겨
웠던 일들
때로는 살을 에는 그리움의 흔적들로 눈물이 되기도
한다
하루를 마감해야 할 시간, 이 밤 자꾸 커지는 상념들
생각은 더 명쾌하게 자라 내게로 온다
오래 전 집을 떠났다 돌아 온 주인처럼 잊혀졌던 시
간들이
다시 버릴 수 없는 삶의 끝에 매달려 늘어지고 있다
털어내야 할 아쉬움 그대로인 채 새벽을 베고 잠을
청한다.

넝쿨 장미

적막 속 오후, 담장 너머로
모가지가 휘도록 고개를 내밀고
피 방울 뚝뚝 떨구는 순교

생 땅을 딛고 서
발돋움으로, 사흘 전 철든 소녀의
신선한 초경처럼 혈관 속
출혈하는 오월 이른 저녁의 장미.

늦은 봄밤에

그토록 온 땅을 들끓게 하던 욕정도 끝이 나고
잎마다 꽃망울 부풀어 밤새 자란 봄의 성숙을 본다
투명한 햇살로 눈이 부신 거리는 혼자서 웃음을 뿌
린다
하루의 생계에 짓눌린 서러운 가장은 헛 발로 떨어
뜨린
이야기들을 불러 모으며 허기진 시장끼로 귀가를 결
심한다.

그 날

저 편 강기슭 건너 푸른 바람
우리의 잃어버린 하늘이 열린다
고향 잃어 허기진 누이야

가난한 조국, 싸늘한 손끝에서
기다림에 여윈 그 날
소리없이 흐느꼈던 수많은 눈물
누이야, 너는
휘날리는 깃발처럼 서서
태초에 약속된 이 날을
손꼽아 기다렸다

누이야, 너는
가슴속 깊게 묻었던
민족의 깃발
눈부신 햇살 맞으러
바깥 세상 나왔다
내 조국이여, 내 곁에 영원하라.

겨울 갈매기

눈은 자꾸자꾸 내리는데
갈매기떼 정 붙일 곳 없어
허공을 맴돌고 있네

석모도 배가 들면
분주히 오고가는 사람들이
선심으로 건네 준 스넥
한 봉지 그 무게만큼
어쩌면 갈매기는 설움을
삼키는 것 일게다

눈은 자꾸자꾸 내리는데
그리움처럼 바닷물 밀물져 오고
삶의 자리 찾지 못한 갈매기는
마냥 부둣가의 짚시가 되어
바다 위를 날고 있네

눈은 자꾸자꾸 내리는데.

*가곡으로 된 시

어머니의, 어머니 어릴 적

엿장수의 가위질이
동네 어귀를 들어서면
조막만한 아이들로
고향은 더욱 더 싱그러워지고
숨겨 놓은 고무신짝들
어미의 노동을 버리고 떠난다

저녁 무렵
맨발의 어미들은
틔눈 진 발바닥 걸음으로
배곯은 아이들
풍선처럼 배 불리는 것이
삶의 숙제이던 것을

어머니의 어머니는 늘
그렇게 뼈가 삭았다.

이제 손을 잡아요

서로의 이름 부르지 못하는
가슴열고 이제 손을 잡아요
강을 건너야 합니다.

들판을 가로 지르는
평행의 물줄기는
늘 목말라 하지만
우리의 눈물이 녹아내린
저 슬픔은 건너야 합니다.

아무것도 가진것 없지만
하늘의 노래로
저 지평 너머
내일의 씨앗이 싹틔어
일어서는 소리를 듣습니다.

깊이도 너비로 보임이 없지만
노을은 지고 아픔이 강으로 풀린

새벽강을 건너야 합니다.

오래된 어둠의 뿌리
이제 목메이는 기도로 용서라고
빛나는 언어로
가슴을 열어야 합니다.

자, 이제 두손을 잡아요.

가을 날에

봉선화 속살 터지는 그 아픔

술래잡기로
조금씩 그대 가까이 가는 일

밤 이슥토록 풀벌레 소리로
그대와의 거리 좁혀 가는 일

가슴속 시뻘건 불기둥 세워 가는 일

그러나
내가 할 수 있는 건
주체 못해 더욱
무거워진 그리움
한마디 '사랑' 이란 말
던지고 돌아서는 일 뿐

봉선화 터져 새빨간 피로 물드는
가을 날에.

그리움의 나무로

빗소리 들리는 밤이면
으레 잠결에서도 너를 찾는다

세월이 지난 먼 후일
그때까지도
혜화동 그 찻 집
창가에 심은
그리움의 나무는
자라고 있을까?

붉은 열매 단단한 씨를 품듯
마지막 나뭇잎 힘줄 곧추 세우고
충만한 햇살 꿈꾸고 있다

이 밤
잠들지 못하는 빗소리도
끝끝내 긴 목숨 지키며
그리움의 나무가 된다.

* 가곡된 시

3부

사랑처럼, 별처럼

나는 그대 푸른 꿈속의 요정입니다
하얀 구름 타고 그대 잠든 뜰에서
뜨거운 숨결 고르는 나비입니다

바람결에 나뭇잎이 가늘게 흔들립니다
사랑처럼 별들이 속삭이고
어디선가 아름다운 노래의
가냘픈 멜로디도 들려옵니다

그대의 머리 위에 은빛 별들이
하나, 둘 내려 와
부드러운 머릿결에 입맞춤 합니다
그대도 잠에서 깨어 일어납니다
마침내
우리들의 사랑이 어둠을 일으켜 세웁니다.

우울함에 대하여

나의 우울한 서성거림

멀리서도 난 늘 너를 읽고 있지만
우리는 단절을 경험합니다

가끔은 마당 귀퉁이에 서 있는
모과나무에서 매미가 웁니다
덩달아 아이도 웁니다

우리는 서로가 서로를 낳지 못하는
일상 속 타성의 끈에서
변변치 못한 사랑을 채취합니다
결국은 몽롱한 맨살로
삶의 빛나는 진실을 발견했다고
경건한 악수를 청하기도 합니다

그러나 눈물은
눈에서 풀려났지만

다시는 돌아갈 수 없습니다

내 사랑도 밀물져 온 이 자리에서
처음 자리로 되돌아 갈 수 없음을 알고 있습니다

우울로 덮힌 하루가 또 바람에 흔들립니다.

숲 속 이야기

너는 늘 기다림이었다

계곡물소리
밤을 새우고
비를 맞는 나무들
키를 돋운다

어둑한 산정엔
안개 바람 구름을 흔들어 대고
꿈이 짧았던 산새들은
풀잎 위 이슬로 목을 축인다

숲속 구석구석
생명있는 모든 것들
죄다 입을 열어놓고
하루 내 지친,
'여기서 쉬라' 말을 건넨다

진작에 씻지 못한 욕심들
청청한 바람으로
눈 틔라고 가르치는
목이 쉰 기다림.

다시 계절은

기도의 층계를 쌓아 올리는 시간
갈무리 되지 못한 열매들
나신으로 뒹굴고
쓸쓸한 영혼으로 흔들리는
이 지상의 슬픔

스스로 내린
뿌리를 간수해야지
적막의 햇살아래
혼자 반짝이는 숲
간밤에 진 낙엽위로
다시 계절은
시든 날들을 솎아내고 있다.

가을 걷이

맑은 가을 햇살 틈으로
길게 아롱지는 무늬들

봄부터 여름내
길어올린 노동의 열매

몇 평의 땅에 목숨 붙이고
가난한 식솔들
허기 채우는 일

저, 언덕배기
어둑살로 하루의 삶
내려놓던 아버지

가을걷이 풍경속에서
내 어릴적 아버지가 서성이고 있다.

사랑의 나무이고 싶습니다

나무가 되고 싶습니다
폭풍우 쏟아지는 날이면
바람과 비를 막는
거목이고 싶습니다

숲이 되고 싶습니다
울창한 숲이 되어
그대, 찾으시면
지친 몸 쉬어도 될
그런 숲이고 싶습니다

그대, 슬픔에 젖어
산 속 나무 밑 엎드려 흐느낄 때
한참동안 일어서지 않아도 될
그런 나무이고 싶습니다

특히 오늘은
푸른 가지 펄럭이며

그대 말씀으로 가르치신
사랑의 나무이고 싶습니다.

비밀

이것은
결코 말할 수 없는 비밀이다
문 꼭꼭 잠그고
내 안에서만 모여 사는
섬이다

햇볕 쨍쨍한 날
목욕하는 한 여인의 알몸은
하나님의 선악과였다

짙푸른 죄악은
길이 없는 막다른 곳에서
침묵의 비밀을 드러낼 수 밖에

나단이여, 그대는
어찌하여 이토록
가혹한 비밀의 상자를
여는 것입니까?

밤낮으로 침상을 적시는 눈물
아들의 죽음으로 대신한
회개의 기도

주님, 이제 비밀의 열쇠를
당신께 바칩니다.

숲으로 가는 길

유월로 물든 나뭇잎들
이른 봄부터 완전한 잎이 되기까지
숲은 속 깊은 울음을 삼킨 채
순간으로 뿜어오는
야생의 바람을 맞는다

제 살로 빚은 나뭇잎들은
햇살에 빛나고
서로의 어깨를 내주며
나부끼는 잎들은
처음 손을 잡고 느꼈던 떨림으로
그들만의 비밀스런 성을 쌓는다

가까운 숲에서부터
어둠으로 산이 잠긴다
아, 이 평화한 정박
이 때묻은 손으로 차마
숲을 깨울 수 있을까?

나는 길을 잃었다

숲, 인류 구원으로의 존재.

오월

저 넘쳐오는 녹색의 바다

한 마디의 말도 없이, 그저
그리움이 터져 피어나듯이
자랑처럼 걸어 나온 푸르름이여,

단단한 문 밀어 제치고
솟아오르는 푸름과 진록의 몸 비벼
세상 나무들의 이름을 죄다 불러 모은다
녹음 한 낮을 울리는 오월의 오페라.

꽃잎이 떨어지면

꽃잎이 눈 되어
쏟아지는 날

설움이 많은 성미산 뻐꾸기는
아직도 남은 울음으로
해 지는 이 저녁
저렇게 울어 댄다

쫓기듯 걸어 온 생의 끝목에서
꽃잎이 나비처럼 내리면
긴 목청으로 저녁 아이 부르던
어머니가 그리움으로 돌아온다

낮에 놀다
고무신 한짝 잃은
일곱 살 아이는
어머님의 음성을 기다리며
그냥 그 자리에 서 울고 있다

꽃잎이 떨어지는 날 밤엔.

어머니의 관절염

젖은 밤 강이
소리없이 흐른다
철없이 흘리던 눈물처럼

다리 밑 폭포로 쏟아지는
저, 붉은 하혈
강물 위에 얹히면서
삭이지 못한 한 점 그리움이
운명의 각혈을 한다

늘상 형벌처럼 쓸쓸했던
어머니의 등 굽은 관절염
그 어디쯤 흘렀을까
난간 위로
막 첫 달이 떠오른다.

초겨울 근처

초겨울 비
촉촉이 내리는 혜화동 로터리
젖은 바람에 버즘나무 잎들이
서로의 등을 밀며 계절을 재촉한다

잎들 부산하게 물들였던 기억들
가진 것 다 내어주고 벗은 채
가벼워진 몸 다시 추스러야 할 시간

이제 마른 목숨들
땅속 고향을 찾아
겨울로 잠드는 것들의
가녀린 숨소리 들으며
얼룩진 하루해를 뉘이고 있다

저기
총총한 걸음들 사이
시간의 어둑살 속

여태껏 순한 저녁 햇살로
헌신하던 고독이
못내 쓸쓸함과 서러움에
못 박혀 번쩍이고 있다

동양 서림 앞
원을 그리며 돌고 있는
차들의 행렬
그 속으로 또 다시 지친
삶의 여백.

아, 여기에서

허리 반쯤 굽은 채
기다림의 끈을 놓지 못하는
조국이 있다

한 생애가 통째로
흐르지 않는 시간에 갇혀
타는 목마름으로
퍼렇게 멍이 들었다

오늘은
맨발로, 맨발로 달려
그토록 기다림에 목멘
너를 만난다

피붙이를 향한
미망의 그리움
어머니의 젖가슴처럼
그렇게 너를 만난다

오랜 세월
피울음으로 남던 그리움이여

처음 맞는 새 길을 밟으면서
맘껏 입맞춤하고 싶나니
너와 함께 있어
기쁨이 되는 날

우리 손 맞잡고
굽은 것 바로 펴고
상처난 곳 서로 싸매며
얼음처럼 서걱이는 것
모두 걷어내고
너와 나의 봉인된
침묵의 언어 활짝 열어
하늘 높이 푸른 깃발
맘껏 날리자

끝나지 않은
우리들의 약속 위해
어느새 밤이 가고
먼 미명의 새벽이
환한 웃음 채우며
걸어오고 있다

너와 나의 갈망
우리가 닫아 놓은
녹슬은 철문을 열고
우리들의 하늘을 맞자

아, 여기에
바로 여기에서.

편지 한 점

성산 우체국 앞
부치지 못한
편지 한 점
그 위에 꽃눈처럼
마지막 사연을 보냅니다

스스로의 무게로
봄을 마련하는
수선스런 성미산의 비밀을
조심스레 엿듣는 이 밤
형광 램프가
졸음에 껌뻑입니다
그리운이여,
지상에 떨어져
잠 못드는 별빛처럼
내, 그대를 그리웁니다.

4부

절두산에서

마지막 피 한 방울까지
쏟아내야 하는
벼랑 끝 순명

무작위로 떨어지는 꽃잎처럼
노을 속으로 빠져 간
저 푸른 생명들

목숨을 주어야 살아 오르는
그 찬란한 헌신의 번제.

구룡연 가는 길

땅 길을 찾아간 구룡연
내 너를 불러 반세기
너의 무응답에도 미쳐 달려간
뿌리 속 그 깊은 연민

금강문에서 한 굽이 꺾어들면
온 몸 드러낸 채로 누워서 흐르던
초록빛 옥류동

두 연을 비단실로 엮은 연주담
다시 한 숨 들리면
은빛 날개 펴 하늘을 나는
봉황새 한 마리
비봉폭포를 지나서야
겨우 너의 대답을 듣는다

무릎 관절 달래고 구슬러
원시의 너를 만났다

뒤돌아 보지도 않고 아래로만
흰 명주필 길게 풀어내는
천 년의 설운 각혈

무슨 조화 있어
태고적 바위 뚫어
그 깊숙한 자궁 속
이 땅의 신비를 품고 있는가

감히 오늘
몇 개의 무지개 다리 지나
네가 건네 준 순백의 사랑
주체치 못해 피묻은 편지를 쓴다

몇 겁을 지나도 마르지 않는
천상의 못, 구룡연.

가을비 그리고 낙엽

가을비에
나뭇잎들은 저마다 손을 놓고
허락한 삶의
마지막 보루를 지키고 있다

죽음의 그림자가
짙게 드리울 때 쯤
기억 속 한 날을 추억하며
순교자의 가슴으로
두 손 들어 하늘을 우러른다

꽃잎으로 어지럽던 날
어깨 푸르게 앉아
꽃대궁 실하게 세워
눈부신 아침을 맞던
화사한 날들

이제 야위어

낙엽을 떨군다

새살 돋는 내일을 위해
침묵의 생명
땅 속 깊이 묻고 있다.

이사

이사를 했다
마포구 서교동에서
영등포구 영등포동으로
참으로 오랜만이다

한 자리에 짐을 풀면
적잖이 서른 몇 해쯤은
옴짝달싹을 않는다
성격 탓 일게다

이사 때 마다
'이집은 너무 좋아
우릴 위해 마련된 집인가 봐'
으레 이렇게 시작하다보니
수십 년을 눌러 앉게 마련이다

눈 감고도
물이 흐르고, 별이 뜨는 곳
나무와 바람이 어디쯤에서 만나

낄낄대는지, 그리고
금빛 강물 발아래 두고도
탐내지 않는 성미산 아카시아까지도
헤일 수 있었는데–

떠날 수 없었다
그러나 나의 시간은
기력이 쇠했나보다

단독에서 아파트로
노곤한 몸 쉬고 싶었나보다
그토록 오래
돌고 돌아 온 고삐 풀린 시간들

차마
'이곳이 마지막 거처 일 게라고,
이사는 이제 끝' 이란 말
입 밖에 내지 않고 삼키는
이삿날 아침.

어머니는 밭입니다

가득한 들판을 본다
여기저기서 가을걷이 손들이 분주하다
저렇게 풍성한 곡식을 내는 저 들판은
넘치도록 주고만 싶은 저 마음
오직 내어 주기만 하는 저 가슴은

봄내 씨앗들을 틔우고
펄펄 끓는 여름을 지나면서 키워 낸 저 알곡들
머지않아 벌판은 빈 가슴을 들어 내
바람만 채울 것이다

아무 가진 것 없는 저 순수,
하여 더 숭고한,
다시 핏기마른 육신에
마지막 혼불 지펴
슬픈 사랑처럼 눈을 감는
나의 어머니
당신은 밭입니다.
주고 또 주는 사랑입니다.

문

새로 생겨 난 녹색의 잎들이
햇살에 눈이 부시다
공원 중앙을 둘러 싼 의자들 사이로
비둘기들이 모여든다

아침을 거른 노숙의 사람들은
게으른 기지개를 켜며
몇 개의 꽁초로 하루를 가늠한다
그 곁으로 빠른 발걸음들이 지나가고 있다

일상의 삶조차 놓친 때늦은 목숨들이
보금자리를 잃은 채
굳게 잠긴 문을 두드려 본다

분노처럼 야생의 땅위에
자신의 그림자 길게 늘이며
또 한 날의 기도로
메마른 입술을 깨운다.

다시 봄은

생성의 땅
무수한 빛깔로
땅을 헤집고
아픔을 이기는,
피를 쏟는,
생명 찾기 전쟁, 전쟁 중

피 뿌린 혈흔의 언저리
어디쯤에서
찾아가는 우주를 세울 수 있을까?

머리에 아직 아물지 않은
떡잎 몇 개 단채
태동을 거쳐 나온 푸름의 생명
가까스로 줄기 곧추 세워
잎을 단다

잔설이 속으로

잦아드는 겨울끝판에서
젊은 장수처럼 우뚝 선다
다시 이 봄에.

겨울 가운데서

눈 내리고 바람이 불고
그 한해의 잎들이 고향을 떠났다

언 손 녹여주던
어머니의 입김도
내 정수리의 한 끝에서 잃어 버렸다

날 선 바람
안간힘으로 버티고 있는
마지막 잎들마저 흔들어 놓고는
군고구마 난로 속으로
동화처럼 들어 앉는다

겨울 안개가
스스로 강이 되어 흐르는 저녁
시린 사람들의 발목을
놓지 않는 이 곳은

여전히 마른 기침만 쏟아낸다

열고 들어가야 할 땅은
아직도 먼 발치서 말씀을 기다리고 있는데.

노숙일지

늦은 햇살에 비낀 그림자가
주검처럼 누웠습니다

겨울 잔디 위로
물기 젖은 고통이
어둠을 물고 옵니다

낮 동안
생명이 아직 있음을
확인시켜 주던 숨과 체온
밤의 한기 속으로 빠져 듭니다

남아프리카 작은 부족
까만 아이들의 얼굴과 눈
그리고 코구멍까지
공격해 오는 파리 떼처럼
천방지축 세상 속으로 날아들다
끝내 추락하는

날개 없는 새
어둠 속 구물거리는 미물

영등포 밤 불빛에도
꼼짝달싹 못하는 오체 불구자.

세상의 늪

낯설기만 해 가는 도시의 풍경들
저리 세상은 서둘러 달아나는데,

지상의
눈바람 오락가락하는 사이
지하철 속 깊은 에스컬레이터는
일상의 삶들을 피곤한 기색없이
윈 종일 통째로 나른다

낮 동안의
노곤함이 쌓이는 늦은 밤, 다시
막연한 차례를 기다리는 사람처럼
아득한 막막함에
또 한 번 갇혀 버린다

사방에 입 있는 자들의 목소리는 커가고
철없이 계절은 말 없는 입들을 틔우고 있다

인간(人間)들은 자꾸자꾸 사람을 지워가는데—

어쩔 수 없이 혼자서
노들 섬 새 만 날리고 있다.

실직의 오후

한 낮에도 주검처럼 널브러진 육체들이
푸른 오후의 햇살을 덮고 있다

어둠이 가라앉을 무렵
소중한 기억들 애써 지운 채
꿈 없는 맨 땅에 슬픔을 뿌린다

점심나절을 지날 즈음
갓 실직한 정씨가
허름한 가방을 들고
공원 한 귀퉁이를 찾아
생명의 사슬을 동인다

"당신은 뉘요?
오늘 처음 온 손님이군……
이리 와 소주 한 잔 하슈 –
술이 없으면 꿈도 꿀 수 없으니, – 어서."

낯가림 하는 정씨는 묵은 친구 같은
서러운 동무의 어깨 위에서 자기 울음을 닮은
어린놈의 우는 소리를 듣는다

이 낡은 밤이 어디쯤에서 새벽을 맞을 수 있을까?
노을은 가까이와 서 있는데.

무궁화

붉은 꽃들이 지고 난 마당에
다시 보랏빛 꽃들이 피었다

어렸을 적 학교 길 오가는 길목에서
여름을 향해 꽃망울을 열어
일상처럼 보아왔던 그 꽃들

칠월로 접어들면서 더욱 더
생생하게 꽃잎 터트려
잊을뻔한 기억들 쏟아내며
깊음 속 갇혔던 내 적요에 불을 밝힌다

지고 나면 연이어 또 피고 지는
내 민족의 속성 같은 것이라 칭하던
초등학교 선생님의 가르침

어둠이 파고드는 저녁 무렵
불빛과 어우러진 지고의 넋

이 밤
절망의 끝에 매달린
가냘픈 목숨 위에
한 송이 무궁화가 숨을 고르고 있다.

새벽 공원에서

안개가 겹겹이 둘러싼 공원에서
희끗희끗 유령처럼
나타나는 새벽 사람들
저마다의 몸짓으로 땅을 밟고
서서히 눈뜨는 태양을
챙 모자 하나로 수줍어한다

무거운 체중을 풀어버리고 싶은
욕망들 사이로
때 묻고 헤어진 풀기마른 목숨들이
누더기 망토를 두른 채
붉은 햇살을 눈이 부시게 맞는다

지난 밤 팽팽한 불면으로
삶의 부호들 잃어버린 채

오늘
공원 한 모퉁이에서

길 찾는 유목민처럼
어둠을 뚫고 신천지를 향해
깃발을 달고 있는
안개 속 또 다른 생명들을 만난다.

고삐 풀린 시간들

조 병 무
(시인, 문학평론가)

1. 조용한 분노와 사랑

시인이 시가 될 수 있는 사물을 접했을 때 그 사물을 어떤 관점에서 접근하느냐는 것은 시인들이 관심을 두고 있는 심성과 관련이 있다. 특히 우리들이 살아가고 있는 현시대는 우리 시문학사의 초창기와는 비교가 되지 않을 만큼 다양한 변화와 다양한 사고와 다양한 기법이 새롭게 나타나고 있다.

문화와 문명의 표출은 인간사회에 있어서 인식의 변환은 물론 인간관계까지 다른 어처구니없는 상황으로 몰아가고 있다. 매체의 이질화는 사람 살아가는 방법의 이질화를 만들어 그것이 새로운 양상인양 오도하게끔 정신적인 공황으로 생각을 끌어간다.

　이러한 것과는 관련을 가지지 않고 평상심의 마음을 가지고 자신의 일상의 관점을 작품으로 보여주면서 조용한 분노와 사랑을 보여주는 시인이 홍금자 시인이다. 어떤 시류의 흐름에 민감하거나 시대적인 거창한 관점에 동조하거나 하지 않고 다만 일상 생활에서 자신의 주변을 돌아보고 그 주변의 사념과 흔적을 찾아 작은 내면의 분노를 삭히면서 새로운 자신을 찾아 나서는 시인이다.

　그래서 시인의 작품에서는 삶에서 오는 존재의 외로움과 고뇌, 그리고 고통과 기원이 새르운 생명체와 만난다. 홍금자 시인의 정신적인 근간을 보여 주는 작품「손, 그 기도」는 시인이 지닌 일상의 마음과 무엇을 생각하는가 라는 질문의 답을 제시해 준다. 〈오직 / 이 순간만을 위해 만든 / 목메인 시간 // 눈물로만 아뢰는 / 이 묵상 속 / 어둔 자화상을 / 하나씩 지워나가는 등촉을 켠다.〉에서 묵상의 시간 속에서 스스로 어둔 자화상을 지워나가는 등촉을 켬으로써 그에게 새로움의 내면을 찾으려는 의지와 기원이 있다. 그러나 시인에게는 〈이제는 / 되돌아 갈 수 없는 / 너무 멀리 떠나온 / 등 굽은 고향〉임을 인식한다. 고향은 돌아 갈 수 있는 고향과 돌아 갈 수 없는 고향이 존재한다. 등 굽은 고향은 이젠 돌아갈 수 없는 멀리 있는 고향으로 존재한다. 시인은 그러한 순리를 찾는다. 그 순리는 〈열매들에게 / 자리를 내어주는 / 저 나뭇잎처럼 / 오롯이 순한 마음 / 용서와 화

해, 평강의 / 따뜻한 손 모아 기도하는 / 다 저문 하얀 저녁
에.〉 시인은 순리를 찾는다. 그것도 다 저문 하얀 저녁이라
는 공간적인 시제를 설정한다, 이미 현실 상황에서 거리의
저편에 머물고 있는 공간, 그것은 시인의 감성에 크게 자리
한 어떤 미지의 세계, 갈망의 세상 그것인지도 모른다.

　홍금자 시인은 살아가는 가운데 부딪치는 일상 생활의
잔해 속에 있는 많은 관심의 문제를 여러 각도로 보여준다.
시인의 정감은 오늘날 사회적인 문제로 부각되고 있는 노
숙자의 문제에 대하여 민감한 반응을 보이고 있다. 그러한
문제에 분노와 사회적 문제 제기보다 인간적인 측은함과
두려움으로 일관한다. 시인 자신이 그들의 아픔과 고뇌 속
으로 깃들어 그들의 마음을 읽으려 한다. 작품 「실직의 오
후」에서 그들의 모든 일면을 보여준다.

　　한 낮에도 주검처럼 널브러진 육체들이
　　푸른 오후의 햇살을 덮고 있다.

　　어둠이 가라앉을 무렵
　　소중한 기억들 애써 지운 채
　　꿈 없는 맨 땅에 슬픔을 뿌린다.

　　점심나절을 지날 즈음
　　갓 실직한 정씨가

　　허름한 가방을 들고
　　공원 한 귀퉁이를 찾아
　　생명의 사슬을 동인다.

　　"당신은 뉘요?
　　오늘 처음 온 손님이군……
　　이리와 소주 한 잔 하슈-
　　술이 없으면 꿈도 꿀 수 없으니, -어서. "

　　낯가림하는 정씨는 묵은 친구 같은
　　서러운 동무의 어깨 위에서 자기 울음을 닮은
　　어린놈의 우는 소리를 듣는다.

　　이 낡은 밤이 어디쯤에서 새벽을 맞을 수 있을 까?
　　노을은 가까이와 서 있는데.

　홍금자 시인은 노숙자를 소자로 한 작품으로 「실직의 오
후」 이외에도 「문」 「노숙일지」 등에서 그들의 아픈 마음과
모습을 담고 있다. 위의 작품「실직의 오후」에서는 노숙자의
일상 생활을 시인의 눈으로 그려내고 있다. 이러한 작품에
서는 도시 공간에 자리한 슬픈 현장을 오늘이라는 시대 속
에 커다란 생의 그림자로 아프지 부각된 생명의 어둠이다.
무엇이 이러한 육신을 이러한 자리에 머물게 했는가를 시

인은 묻지 않는다. 시인은 현장의 그 사실을 보여주고 그 사실 속에 잠재한 그들의 눈과 귀를 통한 아픈 서사를 남기려 한다.

시인은 이러한 작품에서 어떤 메시지를 남기려 하는가. 〈주검처럼 널브러진 육체들〉의 아픔을 그래도 〈오후의 햇살〉은 그들을 안아 주려한다. 시인은 외면하는 인간 대신 〈햇살〉의 따뜻함을 일러준다. 이 작품에서 우리는 주목해야 할 〈갓 실직한 정씨〉라는 인물의 설정이다. 그리고 그들이 듣고 있는 〈서러운 동무의 어깨 위에서 자기 울음을 닮은 / 어린놈의 우는 소리〉를 듣는 슬픔은 오늘이라는 시대가 안고 있는 하나의 고통이며 고뇌이기도 하다. 이 시대가 그들을 외면하고 있음에 대하여 시인의 작은 분노이며 고발이 될 수도 있다. 문학의 본질이 인간에 대한 고뇌와 사랑이라면 삶의 본성을 상실한 노숙자는 오늘을 살아가는 많은 인간의 현주소가 아닌가 한다.

홍금자 시인의 노숙자에 대한 작품에서 한편의 정서적인 그들의 일상만을 말했다고 보면 안 된다. 그 내면에는 이들을 방치하고 이들의 아픔을 방관하는 그들에 대한 분노가 그려지고 있다는 사실이다. 그것은 분명히 시인의 〈이 낡은 밤이 어디쯤에서 새벽을 맞을 수 있을까?〉라는 물음에 대한 해답을 들을 때 시인의 조용한 분노는 사라질 것이 아닐까.

2. 인식의 원천인 생명과 땅

또 한가지, 홍금자 시인에게는 새로운 생명체에 대한 강한 이미지를 외면할 수 없다. 그 강한 생명체는 새로운 삶에 대한 동경이며 신선한 감각이 된다. 그러한 감정은 자연에 대한 애정과 자연의 모습을 재생산하려는 의지의 집념인지도 모른다.

저마다의 몸짓으로 땅을 밟고
서서히 눈뜨는 태양을
챙 모자 하나로 수줍어한다.

—「새벽 공원에서」에서

생성의 땅
무수한 빛깔로
땅을 헤집고
아픔을 이기는,
피를 쏟는,
생명 찾기 전쟁, 전쟁 중

—「다시 봄은」에서

새살 돋는 내일을 위해
침묵의 생명

땅 속 깊이 묻고 있다.

—「가을비 그리고 낙엽」에서

열고 들어가야 할 땅은
아직도 먼발치서 말씀을 기다리고 있는데.

—「겨울 가운데서」

묘하게도 사계절에 대한 땅, 새로운 생명체에 대한 동경과 집념은 시인의 공통의 감정이다. 홍금자 시인의 생명에 대한 강한 의지도 자연의 생명이며 땅의 생명이다. 자연의 위대한 공간은 땅이다.

시인의 땅은 강한 정신적 의지력이며 생명의 원천이다. 우주의 형성은 땅의 위력에 의해 존재한다. 홍금자 시인의 땅은 미래에 대한 동경의 땅이며, 현재에 대한 집착의 땅이며, 그리움의 땅이기도 하다. 시인의 공감대는 땅이라는 인식의 원천이 시인 자신이 〈생명〉과 〈땅〉이라는 하나의 맥을 공유하고 있다는 데 있다. 저마다의 몸짓과 생성의 땅과 침묵의 생명, 그리고 열고 들어가야 할 땅의 공유는 바로 시인의 정신적인 지주를 형성하고 있다는 데 의의가 있다.

대부분의 인식은 땅은 우주의 하나이며 인간 생성의 주된 원인으로 간주한다. 홍금자 시인의 땅에 대한 인식은 작품 「손, 그 기도」에서 〈오롯이 순한 마음 / 용서와 화해, 평강의 / 따뜻한 손 모아 기도하는〉마음의 안식처인지도 모른다.

3. 순수한 그리움의 현장

이러한 일상의 생활은 시인을 유년의 세상으로 띄워 보내기도 하고, 삶의 터전에 대한 그리움, 어머니에 대한 정감을 마음 속에 담기도 한다. 그 중에서도 어머니에 대한 사랑과 그리움은 추억이면서 현재시점이다.

긴 목청으로 저녁 아이 부르던
어머니는 그리움으로 돌아온다

—「꽃잎이 떨어지면」에서

슬픈 사랑처럼 눈을 감는 나의 어머니
당신의 밭입니다. 주고 또 주는 사랑입니다

—「어머니는 밭입니다」에서

늘상 형벌처럼 쓸쓸했던
어머니의 등 굽은 관절염
그 어디쯤 흘렀을까

—「어머니의 관절염」에서

많은 시인들이 어머니에 대한 이미지는 한결같이 비슷하다. 홍금자 시인의 어머니 역시 그리움과 사랑과 애틋함이다. 다만 시인의 어머니는 많은 추억 속에 존재하는 현재의 어머니의 실상이라는 점이다. 그래서 홍 시인은 〈돌아오는〉

어머니를 생각하고, 〈당신은 밭〉으로 비유하고, 〈어디쯤〉에
머문 어머니의 아픔을 되찾는다.

이러한 맥락에서 볼 때 홍금자 시인의 〈어머니〉는 〈땅〉
이라는 공동의 생명체를 지닌 시인의 절대적인 시적 이미
지의 강한 톤이 되고 있다고 하겠다. 그러한 톤은 강하게 울
림 하기도 하고, 멀리 우주 공간을 퍼져 가는 긴 음향인지도
모른다.

홍금자 시인의 작품의 세계는 시인이 추종하고 추구하는
세계에 대한 강한 사고가 깃들어 있다. 노숙자에 대한 내면
의 분노는 강한 메시지를 제공해 주고 있으며, 새로운 생명
체에 대한 동경과 희구는 전체 작품의 호흡이 되고 있다. 시
인이 시적 대상으로 길고 넓게 포용하는 모든 사물은 시인
이 살아가는 일상의 관심이며, 외로움과 고통과 고뇌의 잔
해인지도 모른다. 이 글의 마무리는 홍금자 시인의 시 한편
으로 대신한다.

〈성산 우체국 앞 / 부치지 못한 / 편지 한 점 / 그 위에 꽃
눈처럼 / 마지막 사연을 보냅니다 // 스스로의 무게로 / 봄
을 마련하는 / 수선스런 성미산의 비밀을 / 조심스레 엿듣
는 이 밤 / 형광 램프가 / 졸음에 껌뻑입니다 / 그리운 이여,
/ 지상에 떨어져 / 잠 못 드는 별빛처럼 / 내, 그대를 그리웁
니다.〉

홍금자 시인의 시 「편지 한 점」은 일상의 현장을 순수한
그리움으로 그려낸 마음의 전부라고 하겠다.